W0108271

Pädagogische Arbeitsblätter zu diesem Titel downloadbar auf

www.obelisk-verlag.at

Franz Omelka

Die Stafette

Farbbilder von
Christina Oppermann

OBELISK VERLAG

Redaktion der ClubTaschenbuchreihe:
Inge Auböck

Umschlaggestaltung: Carola Holland

Übersetzt aus dem Slowakischen von Arthur Werner

Neubearbeitung: Inge Auböck

Neue Rechtschreibung

© 2015 neu bearbeitete Taschenbuchausgabe
by Obelisk-Verlag, Innsbruck – Wien

© 2003, 1997, 1992 Taschenbuchausgabe
by Obelisk-Verlag, Innsbruck – Wien

Übersetzt aus dem Slowakischen

© 1969 Hardcover by Obelisk-Verlag, Wien

Alle Rechte vorbehalten.

Druck und Bindung: Druckerei Theiss GmbH, A-9431 St. Stefan

ISBN 978-3-85197-812-4

Inhalt

Alaska

Eine endlose Weite hoch oben im Norden Amerikas!

Land des strengen Frostes und der brausenden Schneestürme.

Land der langen Winter und kurzen Sommer.

Land der weiten Ebenen, der hohen Berge, der reißenden Wildbäche und der breiten Ströme.

Ein Land an der äußersten Grenze unserer Erde.

Auf dieses Land blickten vor neunzig Jahren Millionen Menschen in allen Ländern der Erde. Sie alle fürchteten um das Leben der Kinder in einer Stadt im Norden Alaskas.

Diese Stadt hieß Nome.

Die ganze Welt verfolgte das Schicksal der Männer, die ihr Leben einsetzten zur Rettung von Hunderten Kindern.

Wird es gelingen?

Ist sie stärker und rascher als der Tod –
die Stafette von Alaska?

Die Epidemie

Es war ein Abend im Jänner des Jahres 1925.

Ein eisiger Wind wehte durch die Straßen von Nome. Er rüttelte an den Fenstern und drängte sich in die Häuser.

Aus der Ferne hörte man das dumpfe Krachen der Eisschollen, die aufeinander prallten.

Auf den Straßen liefen gebückt viele Leute: Eltern mit ihren Kindern. Sie stemmten sich mit aller Kraft gegen den Sturm.

Der peitschte ihnen den Schnee ins Gesicht. Er raubte den Atem und trieb Tränen in die Augen.

„Ein furchtbares Wetter!", stöhnten die Großen.

Manche Kinder weinten.

Doch niemand kehrte um. Alle liefen in das Hotel der Stadt, dessen Fenster hell erleuchtet waren.

Im großen Saal ging es lebhaft zu.

Vorne, bei der Bühne, drängten sich aufgeregt die Kinder. Hinten im Saal saßen die Eltern und beobachteten das laute Treiben.

„Frau Elias muss wirklich Nerven wie Seile haben,

wenn sie das den ganzen Tag aushält", sagte der alte Herr Davison zu Frau Hastings, seiner Nachbarin.

„In der Schule sind sie sicher nicht so ausgelassen", nahm die die Kinder in Schutz. „Aber heute – wer darf sich darüber wundern? Schultheater! Unser Tommy spricht schon eine Woche lang von nichts anderem."

„Da haben Sie recht", stimmte ihr Nachbar zu. „Unser Charly sagt seine Rolle in jeder freien Minute auf. Ich kann sie schon auswendig."

„Nachdem, was unsere Mary erzählt, wird es sehr schön. Das Stück handelt vom Leben in unserer Stadt als die ersten Leute hierherkamen", ergriff eine andere Frau das Wort.

„Am besten gefällt mir die Szene mit dem Goldgräber", sagte Davison.

„Welche? Von der weiß ich ja gar nichts", fragte neugierig ein jüngerer Mann, der bisher nur zugehört hatte.

„Das war so", begann Frau Hastings zu erzählen, „Ende des vorigen Jahrhunderts zogen Scharen von Abenteurern nach Alaska. Sie suchten nach Gold. Die Zeitungen hatten von Flüssen geschrieben, in denen das Gold im Sand leuchtete, von Goldklumpen, die man nur aufzuheben brauchte. Wen wundert es, dass die Menschen nur so nach Alaska hereinströmten? Yukon, Klondike, Dawson City – diese Namen kannte jeder. Denn diese Namen bedeuteten Gold und Reichtum. Und bald kam auch ein neuer Name dazu: Nome."

„Wie ist man denn auf diesen Namen gekommen?"

„Das weiß ich aus Charlys Rolle", meinte Davison. „Als sich die Kunde von den neuen Goldfeldern verbreitete, wusste jeder, dass es sich um einen Ort im äußersten Norden Alaskas handelte, nicht weit vom Polarkreis. Wenn aber jemand nach dem Namen des Ortes fragte, bekam er keine Auskunft. Niemand kannte ihn. Die Gegend habe keinen Namen, sagten die Leute – ‚no name'. Allmählich aber wurde aus diesem ‚no name', das die Goldgräber zu ‚Nome' zusammenzogen, doch ein Name. Und so wurde unsere Stadt benannt."

„Und was geschah weiter?"

„Bald kamen immer mehr Goldgräber nach Nome", fuhr Davison fort. „Jeder suchte auf eigene Faust nach Gold, aber nach der Arbeit setzten sich die Männer zusammen. Nur einer war nicht dabei. Er wohnte in einem einsamen Blockhaus und schürfte allein. Niemand wusste, wie es ihm ging. Allmählich kümmerte sich auch niemand mehr um ihn. Als man ihn aber mehrere Tage lang nicht mehr auf seinem Schürfplatz gesehen hatte, fragte einer: ‚Wisst ihr, was mit Sam los ist?' Niemand wusste es. Als man schließlich in seinem Blockhaus nachsah, bot sich ein trauriger Anblick."

„Was war passiert?"

„Sam lag tot auf seinem Bett. Er war verhungert. Neben ihm aber lagen Säcke voll prächtiger Nuggets, von Goldklumpen, wie man sie selten in solcher Größe findet."

„Sam war also Millionär?"

„Er hätte es sein können, wenn es ihm gelungen wäre, das Gold in zivilisierte Gegenden zu schaffen. Hier, im Norden von Alaska, nützte ihm der ganze Reichtum nichts. Er ist verhungert wie der ärmste Bettler."

„Das ist wirklich tragisch", meinte nachdenklich ein junger Reporter. Er war nach Nome gekommen, weil er den arktischen Winter erleben wollte. „So an der Schwelle seines Glücks umzukommen, das ist hart."

„Das stimmt", pflichtete Davison bei. „Und so etwas soll angeblich öfters passiert sein. Doch heute ist das ist längst vorbei. Heute …"

„Heute klingt das wie ein Märchen", mischte sich Frau Hastings wieder ins Gespräch.

„Und die Kinder, die heute das Stück aufführen, glauben vielleicht, dass das alles vom Anfang bis zum Ende erfunden ist."

„Frau Elias hat mit dem Theaterstück sicher viel Arbeit gehabt."

„Ja, und sie kann mit den Kindern auch gut umgehen. Jedes von ihnen ist geradezu in seine Rolle verliebt."

„Das Publikum wird schon ungeduldig, seht nur!"

Tatsächlich! Beifallklatschen erscholl im Saal, begleitet von lauten Zurufen der Kinder.

Ein schrilles Klingeln ertönte.

Die Kinder wurden sofort still und alle blickten gespannt zur Bühne.

Doch der Vorhang bewegte sich nicht. Man hörte nur hastige Schritte dahinter und gedämpfte Rufe.

Da betrat Doktor Welch mit seinem Sohn George den Saal.

„Wir haben schon gefürchtet zu spät zu kommen, dabei ist jetzt noch Zeit genug", bemerkte der Arzt.

Als die Zuschauer wieder zu klatschen begannen, klingelte es noch einmal.

In die plötzlich eintretende Stille waren von der Bühne her Stimmen zu hören:

„Wo bleibt nur Bob? Hat ihn jemand gesehen?"

„Und wo ist Charly?", fragte Frau Elias ärgerlich.

„Die beiden lassen uns ganz schön im Stich! Das Publikum wird schon ungeduldig und die Herrn Schauspieler bleiben zu Hause."

„Ich hole sie!", rief ein Bub.

„Bleib hier, der Sturm ist zu stark – hörst du nicht, wie er tobt? Ich werde selbst nach Robert sehen. Wartet hier ruhig auf mich!"

Die Lehrerin ging rasch weg.

„Wenn es wenigstens jemand anderer wäre", sagte ein Mädchen. „Aber gerade Bob, der die Hauptrolle spielt, muss uns aufhalten."

„Und ohne Charly können wir auch nicht spielen", sagte ein Bub.

Inzwischen wurden die Zuschauer immer ungeduldiger.

Die Kinder, die in der ersten Reihe saßen, hatten gehört, dass Bob und Charly nicht gekommen waren. Und diese Nachricht verbreitete sich rasch im Saal.

„Wisst ihr, warum sie nicht kommen? Sie werden

doch nicht vergessen haben, dass heute Theatervorstellung ist?"

Da erschien Frau Elias vor der Rampe.

Stille trat ein.

Aller Augen waren auf die Lehrerin gerichtet. Sie schien sehr aufgeregt zu sein.

„Liebe Eltern und Kinder! Es tut mir unendlich leid bekannt geben zu müssen, dass die heutige Vorstellung, auf die wir uns alle so gefreut haben, nicht stattfinden kann."

„Warum?", fragten die Kinder enttäuscht.

„Weil Robert und Charly, die die Hauptrollen spielen, plötzlich erkrankt sind", antwortete die Lehrerin rasch.

Sie wollte diese unangenehme Aufgabe schnell hinter sich bringen.

„Hebt die Eintrittskarten gut auf. Wir werden das Stück aufführen, sobald die beiden wieder gesund sind."

Alle hatten die Worte der Lehrerin gehört. Aber niemand stand auf. Allen tat es leid, dass die Feier ausfiel, auf die sie sich so gefreut hatten.

Nur der alte Davison sagte: „Na, da kann man eben nichts machen. Wenigstens können wir uns noch

länger darauf freuen." Und dann fragte er den Doktor:
„ Wissen Sie nicht, was den Buben zugestoßen ist?"

„Leider nein. Wahrscheinlich eine Erkältung. Die Kinder laufen viel zu leicht angezogen ins Freie."

Er hatte kaum zu Ende gesprochen, als Charlys Mutter hereinkam.

„Bitte, ist Doktor Welch hier?", fragte sie aufgeregt mehrere Leute, die bereits den Saal verließen.

Doktor Welch kam ihr entgegen.

„Was ist denn geschehen, Frau Brown?"

„Charly ist krank", berichtete sie hastig.

„Nun, es wird hoffentlich nicht so schlimm sein. Was fehlt ihm denn?"

„Ich weiß es nicht. Gestern lief er noch wie ein Wilder herum und heute hat er hohes Fieber. Zuerst meinte ich, es ist die Aufregung vor dem Theater – er hat sich ja so darauf gefreut. Aber am Abend begann er zu erbrechen und jetzt fiebert er und klagt über Schmerzen im Hals."

„Ich komme gleich zu Ihnen. Ich hole nur meine Tasche", versprach der Arzt und lief zum Ausgang.

Dort begegnete er Bobs Mutter.

„Doktor, bitte kommen Sie zu meinem Bob!"
Wieder dasselbe!

Gestern noch war alles gut und heute Erbrechen, Fieber und Halsschmerzen.

Die Leute, die das alles mit anhörten, wurden unruhig.

Was ist denn los mit den Kindern in Nome?

Sie machten sich rasch auf den Heimweg.

Niemand dachte mehr an die Theateraufführung. Sie dachten alle an die Krankheit, die so plötzlich ausgebrochen war.

Doktor Welch besuchte die kranken Kinder, untersuchte sie, gab ihnen eine Injektion und versprach, am anderen Morgen wieder nachzusehen.

Auf die Frage, an welcher Krankheit die Kinder erkrankt wären, gab er keine genaue Auskunft.

Als er nach Hause kam, warteten dort bereits zwei Mütter auf ihn: Er möge doch ihre Kinder untersuchen …

Erst nach zehn Uhr abends kam der Doktor heim.

Seine Frau hatte schon ungeduldig auf ihn gewartet.

„Was ist denn los?", fragte sie.

„Diphtherie!"

Schwer kam das Wort von den Lippen des Arztes, der erschöpft in einen Lehnstuhl sank.

„Bei allen vier Kindern?"

„Ja. Und ich fürchte, dass es nicht bei diesen vier bleiben wird. Es soll auch in anderen Häusern kranke Kinder geben."

„Hast du genug Diphtherieserum?"

„Ja, genug, aber ich fürchte –"

„Was?"

„Dass es schon abgelaufen ist und nicht wirken wird."

„Da sei Gott vor!"

„Es ist nicht meine Schuld. Ich habe die Bestellung wie jedes Jahr im Sommer aufgegeben. Vielleicht ist sie nicht angekommen. Vielleicht konnte das Schiff nicht mehr weiter – und jetzt …"

„Und jetzt?", wiederholte Frau Welch.

„Ich muss das Serum haben! Um jeden Preis!"

„Wie willst du es bekommen? Das nächste bakteriologische Institut ist in Seattle. Das bedeutet eine Entfernung von fünftausend Kilometern – und du musst dieses Serum sehr rasch haben, nicht wahr?"

„Ja, sehr rasch. Denn wenn hier im hohen Norden eine Epidemie ausbricht, wütet sie viel heftiger als in anderen Gegenden. Wenn es Sommer wäre, könnte man das Serum im Flugzeug herbringen. Aber jetzt, in diesem Winter mit seinen Schneestürmen…"

Plötzlich erhob sich der Arzt.

„Wohin willst du?", fragte seine Frau.

„Aufs Postamt. Ich werde alles nur Mögliche tun, um das Serum zu bekommen."

Er hüllte sich in seinen Pelz und lief in den tosenden Schneesturm hinaus.

Die Drähte schwingen

Doktor Welch lief durch die menschenleeren Straßen von Nome zum Postamt.

Der schneidende Frost drang selbst durch seinen schweren Pelzmantel, doch er achtete nicht darauf. Ja, er fühlte die eisige Kälte gar nicht.

Er dachte nur daran, wie er das Serum beschaffen und es auf schnellstem Weg nach Nome bringen könnte.

Endlich war er beim Postamt angelangt. Er klopfte heftig an das Fenster.

Eine Weile war es still. Dann knarrten Treppen, ein Schlüssel klirrte und der Postbeamte öffnete die Tür einen Spalt.

„Hallo, wer ist da?", rief er in die Dunkelheit hinaus.

„Welch", erscholl kurz die Antwort. „Ich muss ein Blitztelegramm nach Seattle aufgeben."

„Nichts leichter als das, Herr Doktor! Bitte, kommen Sie weiter!"

Der Arzt trat ein und setzte sich auf einen Sessel.

Der Beamte griff nach Papier und Bleistift.

„Bitte, wie lautet der Text?"

Doktor Welch diktierte:

„an bakteriologisches institut seattle stop nome 25 jänner stop diphtherieepidemie stop haben kein frisches serum stop sendet sofort stop doktor welch"

Kaum hatte der Beamte zu Ende geschrieben, fragte er erschrocken:

„Bei uns ist Diphtherie?"

„Leider."

„Das ist schlimm, sehr schlimm. Denn in dieser Jahreszeit das Serum von Seattle herzubringen – das wäre ein wahres Wunder."

„Ich weiß. Aber wenn die Kinder nicht sterben sollen, muss dieses Wunder geschehen."

Der Postbeamte setzte sich an den Morse-Apparat und setzte die Morse-Botschaft ab.

„Es wird rasch gehen. Alle Linien sind frei", meinte er.

„Ich danke Ihnen. Wenn die Antwort noch in der Nacht eintrifft, lassen Sie sie bitte sofort zu mir bringen."

„Sie sollten sich bei uns ein bisschen aufwärmen, Herr Doktor!"

„Danke, ich habe keine Ruhe. Wer weiß, ob nicht schon wieder eine Mutter auf mich wartet."

Doktor Welch kam nach Hause zurück.

„Was hast du ausgerichtet", fragte seine Frau gleich in der Tür.

„Das Telegramm ist bereits abgegangen. Jetzt kommt es darauf an, dass man in Seattle rasch handelt. Aber glaube mir –", er verstummte plötzlich und blickte sinnend in das erlöschende Kaminfeuer.

„Du wolltest noch etwas sagen?", fragte Frau Welch und ihr Blick verriet, wie sehr sie mit ihrem Mann mitfühlte.

„Ja … das heißt … es ist schwer, Susan. Wie sehr ich auch nachdenke, ich kann mir nicht vorstellen, dass man das Serum auf einem anderen Weg als mit dem Flugzeug herbeischaffen könnte. Und ich bezweifle, dass ein Flugzeug bei diesem Schneesturm zu starten wagt."

Frau Welch antwortete nicht.

Auch sie dachte dasselbe.

Und trotzdem wollte sie nicht glauben, dass die Kinder von Nome in den nächsten Wochen hilflos sterben sollten.

Diese Gedanken quälten die beiden und ließen sie nicht einschlafen.

Angestrengt lauschten sie in die Stille.

Beim leisesten Geräusch hielten sie den Atem an, nur um das Klopfen einer besorgten Mutter oder eines Boten vom Telegrafenamt nicht zu überhören.

Endlich, bei Morgengrauen, klopfte es.

Doktor Welch sprang aus dem Bett und lief zur Tür.

„Ein Telegramm an Doktor Welch!"

Mit diesen Worten überreichte ihm der alte Jim ein Blatt Papier.

„Ich danke dir Jim", sagte der Arzt und lief ins Schlafzimmer zu seiner Frau.

„Ein Telegramm aus Seattle."

„Lies vor!"

„doktor welch nome stop seattle 26 jänner stop serum senden wir per flugzeug nach anchorage stop weiter kann flugzeug nicht wegen schlechtwetter stop besorgt weiteren transport stop doktor jetkins"

Anchorage – Nome!

Nur diese beiden Worte gruben sich in Doktor Welchs Gedanken, als er das Telegramm gelesen hatte.

Zwei kurze Namen, doch wie schicksalsschwer!

Wie viele verschneite Berge, tiefe Schluchten und endlose schneebedeckte Ebenen lagen dazwischen!

Wie viele Schneestürme und grimmiger Frost!

Wie viel Finsternis der Polarnacht und wie wenige schwache, hilflose Sonnenstrahlen!

Die Meldung war kurz und deutlich:

„Besorgt weiteren Transport!"

Niemand fragte danach, wie dies in diesem unwirtlichen Land möglich sei.

Wer sonst sollte das besser wissen als Doktor Welch, der seit zwanzig Jahren in Alaska lebte?

Ja, Doktor Jetkins hatte recht: Seattle–Anchorage, das war seine Sache. Aber Anchorage–Nome, das betraf Doktor Welch.

Mit einem Schlag waren Furcht und Unschlüssigkeit von ihm gewichen. Rasch entschlossen eilte der Doktor aufs Postamt.

„Guten Tag, Herr Smith! Sie wissen es bereits ..."

„Ja, Herr Doktor! Aber was soll weiter werden?"

„Können wir eine telefonische Verbindung mit Anchorage bekommen?"

„Ich hoffe es. Noch um Mitternacht wurde gemeldet, dass die Leitung in Ordnung ist."

„Ausgezeichnet! Bitte verbinden Sie mich!"

Der Anruf an das Postamt in Anchorage lief durch die summenden Drähte über verschneite Tundren, vereiste Flüsse und weite Wälder rascher als der wildeste Sturm.

Die Verbindung war hergestellt.

„Hier Nome, Doktor Welch. Wer ist am Apparat?"

„Hier ist der Vorstand des Postamts Anchorage."

„Herr Vorstand, heute wird Ihnen ein Serum zugestellt –"

„Aus Seattle für Nome, ja, ich weiß davon. Wir erwarten es gegen Abend."

„Ist die Eisenbahnverbindung nach Nenana in Betrieb?"

„Vorläufig ja. An einigen Stellen sind zwar Schneeverwehungen aufgetreten, aber noch konnte die Strecke frei gehalten werden!"

„Ausgezeichnet! Sobald das Serum bei Ihnen eintrifft, senden Sie es bitte mit dem nächsten Zug nach Nenana."

„Wird besorgt, Herr Doktor! Übrigens – bleiben Sie eine Weile am Telefon! Ich werde mit dem Heizhaus sprechen."

„Bitte."

Nach kurzer Zeit meldete sich der Vorstand von neuem.

„Herr Doktor, wir werden das Serum mit einer Extralokomotive nach Nenana schicken."

„Großartig! Ich danke Ihnen!"

„Und wie werden Sie es von Nenana weiterschaffen?"

Doktor Welch schwieg. Wenn er das wüsste!

Bevor er antworten konnte, betrat atemlos eine Frau das Postamt.

Es war eine Eskimofrau.

„Herr Doktor, bitte kommen Sie schnell! Unser Kudlag ist krank. Er ist ganz heiß und atmet schwer."

„Warten Sie, ich komme gleich!"

Und ins Telefon rief er:

„Melden Sie nach Nenana, dass ich für den Weitertransport des Serums sorgen werde. Man soll meine Weisungen abwarten!"

„Jawohl, wird ausgerichtet. Haltet aus!"

„Danke!"

Der Doktor hängte den Hörer ein, verabschiedete sich von dem Postbeamten und begleitete die Eskimofrau zu ihrem Haus.

Es war eine armselige Hütte aus Brettern, Lehm und Steinen.

Im Inneren der Hütte lag in einem Winkel auf einer

Holzpritsche ein etwa zehnjähriger Bub unter einer abgewetzten Decke. Von Zeit zu Zeit rief er einzelne Worte ohne Zusammenhang.

Der Arzt erkannte, dass er zu spät kam.

„Wann wurde er krank?", fragte er die unglückliche Mutter.

„Vor – zwei – Tagen", antwortete sie schluchzend.

„Nein, schon vor drei", ließ sich eine krächzende Stimme aus einer Ecke des matt erleuchteten Raumes vernehmen.

Erst jetzt bemerkte Doktor Welch auf einem Haufen von Fellen ein fettiges, schmutzstarrendes Etwas – das finstere Gesicht des Oberhauptes der Eskimofamilie.

„Und warum habt ihr mich nicht früher gerufen?"

„Wir haben ja nicht geglaubt, dass es so schlimm ist. Herr Doktor, bitte helfen Sie ihm!", bat die Frau mit tränenerstickter Stimme.

„Es ist sehr ernst. Aber vielleicht können wir ihn noch retten", sprach der Arzt.

Seine Worte sollten nur trösten, denn er sah, dass hier alle Mühe umsonst war.

Von der Eskimohütte lief er zum Sheriff.

Bald wusste es die ganze Stadt.

Es wurde verboten Zusammenkünfte abzuhalten.

Die Gasthäuser wurden geschlossen. Denn die Epidemie befiel nicht nur Kinder, auch Erwachsene waren schon erkrankt.

Doktor Welch hatte alle Hände voll zu tun. Er wusste selbst nicht mehr, in wie vielen Häusern er Krankenbesuche gemacht hatte. Und jede Injektion, die er verabreichte, schmerzte ihn.

Er wusste, dass er die Katastrophe nur hinausschieben, aber nicht abwehren konnte.

Gegen Abend starb der kleine Kudlag.

Als Doktor Welch spät in der Nacht endlich heim kam, war er todmüde.

Gegen Mitternacht klopfte es an der Tür.

Doktor Welch öffnete.

Auf der Straße stand ein Postbote. Er brachte ein Telegramm aus Nenana:

„doktor welch name stop station anchorage meldet absendung serum mit extralokomotive stop neue schneeverwehungen werden beseitigt stop serum eintrifft mittags nenana stop drahtet weiteres"

Der Vorschlag

Doktor Welch trat ans Fenster und blickte in die Nacht hinaus. Seine Finger trommelten auf die Scheiben.

Drahtet Weiteres!

Wie kurz und grausam dieser Satz war!

Einige hundert Kilometer entfernt liegt ein Päckchen, das für seine Stadt hier Leben bedeutet. Wenn es nicht rechtzeitig eintrifft, werden zahllose Menschen – Kinder und Erwachsene – sterben. Und er wird von einem Kranken zum anderen gehen, in die vom Fieber glänzenden Augen schauen, Injektionen geben, deren Wirkung rasch verfliegt, und auf alle Fragen nur die Achseln zucken und antworten müssen:

„Aber sicher. Serum gibt es genug, allerdings in Nenana."

Was nützen alle Erfindungen der modernen Technik, wenn man sie nicht einsetzen kann, wenn es um die Rettung von Menschenleben geht?

Was nützen Autos in diesem wilden Land?

Was helfen Flugzeuge mitten im arktischen Winter?

Warum nur hatte er sich in dieser verlassenen Gegend,

in dieser armseligen Stadt niedergelassen, dem letzten Ausläufer der Zivilisation auf dem amerikanischen Kontinent?

Welch leichtes und bequemes Leben führen doch die Menschen im Süden! Dort würde es genügen, nach dem Telefonhörer zu greifen, ein paar Worte zu sagen, und in kurzer Zeit wäre das Serum in der Hand des Arztes.

Aber hier…?

Dann riss er sich zusammen. Er schämte sich dieser Anwandlung von Kleinmut.

Sein Blick streifte den Bücherschrank.

Er schob eine Glasscheibe zurück und suchte ein Buch.

„Susan, hast du den Atlas herausgenommen?"

„Ich hab ihn, Vater", sagte George.

„So, du bist noch auf? Legt euch doch schlafen, auch du, Susan!"

„Und was wirst du ihnen antworten?", fragte Frau Welch, die das Telegramm gelesen hatte und nun gemeinsam mit George die Landkarte von Alaska studierte.

„Ich weiß es selbst noch nicht", antwortete der Arzt. „Aber ich muss eine Lösung finden, und zwar schnell.

Zeig mal her, George!"

Doktor Welch kannte die Karte Alaskas zwar sehr gut, aber trotzdem wollte er sie nochmals ganz genau studieren.

Eine Weile betrachtete er aufmerksam die Ringlein, welche die Ansiedlungen kennzeichneten, die zwischen Nome und Nenana lagen. Dann nahm er Zirkel und Lineal und maß die Entfernungen zwischen den einzelnen Orten.

Doch welche Lösung auch immer er suchte, er musste sie wieder als undurchführbar verwerfen.

„Könnte man nicht eine Expedition von Nome aus senden?", fragte Frau Welch. „Vielleicht finden sich Männer, die es wagen."

„Das ist ausgeschlossen. Ich bezweifle nicht, dass sie dazu bereit wären. Aber wie lange würde die Fahrt dauern? Und dann – wie viele Menschen würden inzwischen hier sterben?"

„Sie könnten doch das Serum auf Motorschlitten von Nenana herschicken?", sprach George mit vor Aufregung leuchtenden Augen.

Der Arzt lächelte und blickte liebevoll auf seinen Sohn.

„Du weißt noch nicht, mein Junge, was Alaska ist.

Ja, wenn hier eine Ebene wäre ohne Hindernisse –
dann: warum nicht? Motorschlitten wären sicherlich
am raschesten hier. Aber kannst du dir vorstellen, was
alles auf den Fahrer lauert auf dem Weg hierher?
Wenn ein Flugzeug nicht durchkommen kann, bleibt
nur eine einzige Möglichkeit, und zwar –"

„Hundeschlitten!", fiel George ihm ins Wort.

„Ja. Und der Lenker müsste Nerven aus Stahl haben
und die Augen eines Falken. Er müsste listig sein wie
ein Luchs und flink wie ein Hirsch. Und er müsste
das Land kennen, denn sonst würde er sich verirren
und umkommen."

Alle schwiegen.

Im Zimmer herrschte bedrückende Stille. Nur das
Pendel der Wanduhr zeigte gleichmäßig die Sekunden
an, die rasch zu Minuten wurden.

George hob den Kopf und blickte auf den Vater. Er
sah dessen besorgtes Gesicht, die müden Augen.

Gibt es denn wirklich keine Hilfe?

Das Paket bleibt in Nenana liegen und man wird
dem Vater vorwerfen, keinen Rat gewusst zu haben!

Es handelte sich nicht einmal so sehr um die Expedition an sich. Die könnte man nach dem Vorschlag
der Mutter von Nenana aus starten. Aber es ging um

die Schnelligkeit und Zeit! Was würde es dem Vater nützen, wenn er das Serum nach einem Monat in Händen hätte! Es muss rasch etwas geschehen! Das Paket müsste wie in einem Wettrennen herbeigeschafft werden. Einer musste es dem anderen übergeben, ohne Pause, ohne Atemholen, so wie sie es unlängst in der Turnstunde getan hatten – und bei diesem Gedanken blieb George plötzlich stehen.

Er lief zum Vater, umarmte ihn und rief freudig:

„Vater, ich hab's!"

„Was?"

„Das Paket. . . Es muss funktionieren!"

„Aber wie?", fragte ungläubig Doktor Welch.

Auch die Mutter blickte neugierig auf den strahlenden Buben.

„Durch eine Stafette!", sprudelte George hastig hervor und betrachtete siegesgewiss die überraschten Eltern.

„Eine Stafette? Wie meinst du das?"

„Nun, ganz einfach!" George zeigte auf die Landkarte und erläuterte aufgeregt seinen Plan. „Ein Gespann bricht von Nenana auf. Es kommt bis Tolovana, wo ein zweites Gespann bereit steht. Ein drittes wartet in Hot Springs, ein viertes wiederum an einem anderen Ort – kurz, überall dort, wo es eine Telegrafenverbindung gibt. Weißt du, das wäre eine Stafette im großen – Vater, tu es!"

Doktor Welch verlor mit einem Schlag seine Müdigkeit. Zuerst blickte er lange seine Frau an, dann erhob er sich rasch und umarmte und küsste seinen Sohn.

„Das nenne ich Rat zur rechten Zeit! Also eine Stafette! Das ist tatsächlich der einzige Ausweg!"

Er griff nach seinem Pelz.

„Wohin willst du?", fragte seine Frau.

„Aufs Postamt. Ich muss den Leuten in Nenana mitteilen, wie ich mich entschieden habe. Morgen Früh müssen alle Orte wissen, worum es geht."

„Wird es klappen, Vater?", fragte George.

„Sicherlich – ich bin überzeugt, dass es Männer gibt, die das Herz auf dem rechten Fleck haben. Und wenn es gelingt, sind wir gerettet."

Mitternacht war längst vorbei, als sich der Doktor auf den Weg zum Postamt machte. Doch er ging leichten Schrittes, als hätte er nie einen Tag voll Kummer, Arbeit und Stress gehabt.

Herr Smith schlief auch noch nicht.

„Ich habe mir gedacht, dass Sie noch in der Nacht

kommen, Herr Doktor", begrüßte er ihn lächelnd.

Eine halbe Stunde später erreichte alle Ortschaften zwischen Nome und Nenana die alarmierende Aufforderung:

„bildet stafette für serum nach nome stop meldungen von freiwilligen sendet nach nome und nenana stop doktor welch"

Als der Arzt das Postamt verließ, umgab ihn undurchdringliche Dunkelheit. Es war eine Finsternis, in der der Tod lauerte. Doch der Doktor fürchtete ihn nicht mehr.

Wird das Leben siegen?

Die Freiwilligen

Das kleine Hotel in Unalakleet war überfüllt. Und noch immer kamen Männer. Einige standen beim warmen Ofen, andere saßen rings um den Tisch. Sie erwarteten die Ankunft des Sheriffs und unterhielten sich lebhaft.

„Ich bin wirklich neugierig, warum er uns zusammengerufen hat", sprach der Jäger Falk.

„Wahrscheinlich sind die Steuern schon wieder erhöht worden", sagte der Schneidermeister Green.

„Von Steuern will ich gar nichts hören", brummte der Wirt. „Sie sind ja ohnedies schon so hoch, dass ich nicht weiß, wo mir der Kopf steht."

„Na na, nur sachte, Sam", neckte ihn der Schneider. „Der, dem es wirklich an den Kragen geht, klagt gewöhnlich am wenigsten."

„Sie sollten nur ein halbes Jahr an meinem Platz sein", verteidigte sich der Wirt, „dann würden Sie anders reden."

„Ach was, jeder von uns hat seinen Pack Sorgen", mischte sich Herr Falk in die Unterhaltung. „Und –

dass ich es nicht vergesse – meine Frau hat beim Einkaufen eine Alarmnachricht aus Nome gehört."

„Dort soll eine Epidemie ausgebrochen sein", sagte der redselige Schneidermeister. „Ich weiß allerdings nicht, was daran wahr ist. Wahrscheinlich ist es wieder nur so ein dummes Gerede."

„Nein, nein", ließ sich der Wirt vernehmen. „Etwas davon ist sicher wahr. Der Postmeister hat sogar gesagt, dass sie dort nicht genug Medikamente haben."

„Hm, das wäre schlimm", meinte Herr Falk nachdenklich.

Eben wollte sich der Schneider des Langen und Breiten darüber auslassen, welche Krankheiten er bereits überstanden hatte, als sich die Tür öffnete und der Sheriff von Unalakleet eintrat.

Er stellte sich vor den Schanktisch und wartete, bis Ruhe herrschte. Dann begann er:

„Männer, ihr werdet überrascht sein, dass ich euch so plötzlich zusammengerufen habe. Aber die Angelegenheit, um die es geht, duldet keinen Aufschub."

Die versammelten Männer lauschten gespannt.

„Ihr habt sicher schon gehört, dass in Nome eine Diphtherie-Epidemie ausgebrochen ist. Doktor Welch braucht rasch frisches Serum. Er hat es in Seattle bestellt. Ein Flugzeug hat es nach Anchorage gebracht, aber weiter konnte es nicht fliegen. In diesem Augenblick ist das Serumpaket mit der Eisenbahn auf dem Weg nach Nenana, wo es wahrscheinlich heute Nachmittag eintrifft. Jetzt geht es darum, das Serum von Nenana nach Nome zu schaffen."

Der Sheriff sah die Männer an, als erwarte er einen Vorschlag.

Die schwiegen.

Nur beim Tisch nahe dem Ofen erklang eine gleichgültige Stimme: „Hm, das wird schwer sein."

„Doktor Welch hat alles bedacht", setzte der Sheriff fort. „Schließlich ist er zu dem Ergebnis gekommen, dass es nur eine einzige Möglichkeit gibt: eine Stafette. Hier ist sein Telegramm."

Nachdem er es verlesen hatte, herrschte tiefes Schweigen im Saal.

Bald aber wurden Stimmen laut:

„Aber das ist doch unmöglich!"

„In dieser Jahreszeit, in der man nicht einmal einen Hund vor die Tür jagt – nach Nome?"

„Das ist ja heller Wahnsinn!"

„Leicht gesagt, ‚stellt eine Stafette zusammen'! Aber wer soll sie fahren?"

„Das wäre eine sichere Todesfahrt!"

Im Saal summte es wie in einem Wespennest.

Nur der Sheriff stand unbeweglich am Schanktisch und betrachtete die Wogen des Unwillens, die seine Worte hervorgerufen hatten.

Dann klopfte er an ein Glas, um Ruhe herzustellen.

„Ihr habt recht, Freunde" – und das Wort Freunde sprach er mit sonderbarer Betonung aus, sodass niemand auch nur einen Augenblick zweifeln konnte, wie der Sheriff es meinte. „Es sieht wirklich nach reinem Wahnsinn aus. Und wer die Stafette fährt, der müsste auf alles gefasst sein. Doch gerade deshalb wird niemand dazu gezwungen. Die Meldungen sind freiwillig."

„Das möcht' ich meinen!", kam es halblaut aus der Menge.

Der Sheriff ließ sich durch diesen Zwischenruf nicht stören und sprach weiter:

„Und deshalb frage ich euch: Wer meldet sich, das Serumpaket von Unalakleet nach Nome zu bringen?"

Nach dieser Frage trat Schweigen ein.

Einige Männer senkten den Blick zu Boden, um nicht den Augen des Sheriffs zu begegnen.

Andere betrachteten interessiert die Gegenstände

im Saal, die sie doch alle längst genau kannten.

In diese peinliche Stille erscholl plötzlich der klare Ruf:

„Ich!"

Alle drehten sich überrascht nach ihm um.

Wie? Gunnard Kasson? Dieser hoch aufgeschossene Mann mit den scharfen Zügen, der mit Frau und zwei Kindern erst vor wenigen Jahren aus Finnland zu ihnen gezogen war?

Ja, er war es. Während der ganzen Beratung hatte er nicht ein einziges Wort gesprochen.

Die Männer umringten ihn.

„Mann, wissen Sie, was das bedeutet, jetzt in dieser Jahreszeit nach Nome zu fahren?"

„Ich weiß es."

„Und wissen Sie, dass Sie eher den Tod als die Heimkehr zu Frau und Kindern erwarten können?"

„Ich weiß."

„Sie vergessen Ihre Familie!"

„Nein."

„Was sollen denn Ihre Kinder ohne Vater anfangen? Ein richtiger Vater kümmert sich zuallererst um seine Familie!"

„Ja, und er denkt zuerst an seine Kinder!"

Doch das war selbst für den kaltblütigen Gunnard Kasson zu viel. Er trat vor und stellte sich neben den Sheriff.

„Ihr habt mich an meine Kinder erinnert. Nun, gerade an die habe ich gedacht, als der Sheriff von den Kindern in Nome berichtete. Und wenn ich mich zur Fahrt melde, so geschieht es eben deshalb, weil ich meine Kinder liebe. Ich kann mir vorstellen, was wir alle fühlen würden, wenn die Epidemie bei uns ausgebrochen wäre und wenn wir – so wie die Menschen jetzt in Nome – auf fremde Hilfe angewiesen wären. Dann möchte ich eure Bemerkungen über die tapferen Männer hören, die aus Angst um ihr Leben untätig zusehen, wie Hunderte von Kindern zwischen Leben und Tod schweben. Doch jetzt will ich nichts mehr hören – vor allem nicht über meine Familie! Ich habe mich gemeldet und werde fahren."

Die Versammlung schwieg betreten. Die Männer senkten die Köpfe und murmelten unverständliche Worte.

Gunnard Kasson hatte ihnen ins Gewissen geredet.

Und wieder sprach der Sheriff: „Wer will mit Kasson fahren?"

Da flogen mit einem Mal fast alle Hände in die Höhe.

Der Sheriff lachte. Und seine Stimme war frei von der früheren Kälte, als er fortsetzte:

„Das war nur eine kleine List, Freunde, die ihr mir sicher verzeihen werdet. Kasson fährt nämlich allein. Ich wollte mich nur überzeugen, welche Männer ich vor mir habe. Ich hatte mich ja schon innerlich entschlossen, mein Amt niederzulegen und selbst zu fahren. Denn es wäre keine große Ehre gewesen, einer Gemeinde vorzustehen, deren Männer keine Mitmenschlichkeit kennen."

Und zu Kasson gewendet, fügte er hinzu:

„Ich danke Ihnen, Kasson! Ich danke Ihnen im Namen der Kinder von Nome."

Als er Kasson die Hand drückte, brauste Beifall im Saal auf.

Zuletzt stritt man fast darum, wer fahren dürfe. Aber da Kasson sich zuerst gemeldet hatte, blieb er der Auserwählte.

Alle umringten ihn und drückten ihm die Hände. Sie schämten sich, dass sie so wenig Verständnis für die Leiden ihrer Mitmenschen gezeigt hatten. Sie fühlten Gewissensbisse, weil sie so selbstsüchtig gewesen waren. Und sie bemühten sich, das dadurch gutzumachen, dass sie Kasson Ratschläge erteilten, wie er sich am besten zu seiner gefährlichen Fahrt rüsten sollte.

Währenddessen war der Sheriff aufs Postamt geeilt. Wenige Minuten später traf die freudige Nachricht in Nome ein. Sie war kurz, aber in ihr lag echtes Menschentum:

unalakleet bereit stop es fährt gunnard kasson"

Am selben Tag empfing Nome noch vier Telegramme:

ruby ist bereit leonard seppala"

hot springs bereit emil erikson"

„tolovana es startet wurd kalland"

nenana verbindung mit tolovana hergestellt stop will shannon heute Mittag gestartet"

Doktor Welch ging abends zum Postamt. Er hatte wieder einen anstrengenden Tag hinter sich.

Die Epidemie verbreitete sich mit entsetzlicher Schnelligkeit. Jede Stunde wurden neue und wieder neue Fälle gemeldet. Außer Kudlag waren noch zwei Kinder gestorben.

Er betrat die Telegrafenstube gerade als Smith die letzten Morsezeichen übertrug.

Der Doktor ergriff hastig das Telegramm aus Nenana und las. Als er damit fertig war, wurden seine

Augen feucht. Dankbarkeit und Bewunderung bewegten ihn.

Sie fahren!

Sie bringen Rettung!

Sie führen Leben für Hunderte bedrohte Kinder mit sich. Mögen sie doch rechtzeitig eintreffen!

Das Schicksal Nomes ruhte jetzt in den Händen von fünf unerschrockenen Männern.

Wird die Stafette ankommen?

Die Stafette

Doktor Welch war nicht der einzige, der mehrmals täglich das Postamt in Nome aufsuchte. Der zweite Mann war der Reporter Hilton.Er sandte Nachrichten an die Redaktion seiner Zeitung.

Seit dem ersten Gespräch mit dem Doktor war ihm klar, dass es sich um ein Ereignis von weitreichender Bedeutung handelte. Und er wäre kein Mann der Zeitung gewesen, wenn er dies nicht gründlich ausgenützt hätte.

Kaum hatte sich die erste Nachricht von der Epidemie verbreitet, sandte er seinem Blatt schon einen ausführlichen Bericht über die verzweifelte Lage, in der sich diese nördlichste Stadt Amerikas befand.

Die Zeitung veröffentlichte diesen Artikel in großer Aufmachung auf der Titelseite. Und da auch der Rundfunk sofort über die Ereignisse berichtete, wusste bald die ganze Welt davon.

Nome und seine schwer geprüften Einwohner standen im Mittelpunkt der Aufmerksamkeit. Es gab niemanden, der nicht an dem aufregenden Drama im hohen Norden Anteil nahm.

Jede neue Nachricht Hiltons war ein Ereignis.

Die Zeitungen gaben Extrablätter in Millionenauflagen heraus.

Die Redaktionen wurden mit Anfragen überhäuft. Es liefen unzählige Vorschläge ein, wie das Serum nach Nome geschafft werden könnte.

Die Flugzeug-Piloten, die den Transport des Serums als ihre Sache betrachteten, bestürmten die Wetterstationen mit Anrufen. Es gab viele unter ihnen, die bereit waren ihr Leben zu wagen, um der gefährdeten Stadt Hilfe zu bringen. Aber die Wettervorhersagen waren so schlecht, dass sie keine Starterlaubnis erhielten.

Als das Serumpaket auf dem Weg nach Nenana war, stieg die Spannung.

Was wird weiter geschehen?

In den Betrieben, den Geschäften, auf der Straße, in der Eisenbahn, in den Ämtern, den Kaffeehäusern und auch in den Schulen sprach man nur noch von Nome.

Wird das Paket in Nenana stecken bleiben? Oder wird ein Wunder geschehen und das Serum in Nome eintreffen?

Es waren Stunden, in denen das Unglück einer Stadt

in den Menschen die besten Gefühle wachrief: Mitleid und den Wunsch zu helfen.

Das gewichtigste Wort sprachen allerdings diejenigen, die Alaska aus eigener Erfahrung kannten.

Es waren meist ehemalige Goldgräber, die jetzt die Gelegenheit hatten, ihre Erinnerungen aufzufrischen.

Sie erzählten von den strengen Frösten und furchtbaren Stürmen, von unzugänglichen Gebirgspässen, von denen besonders der Chilcot-Pass zum Grab von Hunderten Goldsuchern geworden war, von steil aufragenden Eishängen und eisigen Gletschern, von wilden Tieren, die besonders im Winter gefährlich wurden … Und mit all diesen Berichten erregten und beunruhigten sie ihre Zuhörer.

Die Menschen erkannten, dass der Einzelne der Natur gegenüber hilflos war, dass die kranken Kinder sterben werden …

Und wie aus einer dunklen Wolke plötzlich der Blitz zuckt, so wurde diese Spannung durch den grellen Schein einer neuen Nachricht zerrissen:

DIE STAFETTE STARTET!

Und wie in der Natur auf das Einschlagen des Blitzes sekundenlang Stille folgt, die dann vom ohrenbetäubenden Donner abgelöst wird, so erging es auch den

Leuten, als sie die Nachricht in großen Buchstaben in den Extraausgaben lasen: Sie waren zuerst wie betäubt.

Doch dann brach ein riesengroßer Jubel los. Die Menschen umarmten einander. Überall, wo sich Leute trafen, waren sie freundlich zueinander. Sie waren liebenswürdig und hilfsbereit, denn alle waren erfüllt von dem großen Werk, das in dieser Stunde gestartet wurde:

Die Stafette wurde zum Symbol des Tages.

Die Kinder spielten vom Morgen bis spät in den Abend Stafettenlaufen, im Turnsaal, auf dem Schulweg, auf dem Spielplatz, beim Eislaufen.

Die Erwachsenen sahen ihnen geduldig zu, und merkwürdig – es störte sie auf einmal gar nicht, dass sie so ausgelassen waren. Im Gegenteil, ein Lächeln erschien auf den Gesichtern der Großen, denn sie sahen vor sich nicht nur die spielenden Kinder, sondern dachten auch an die wagemutigen Männer, die gerade einen noch nie da gewesenen Wettlauf mit dem Tod veranstalteten.

Will Shannon, Wurd Kalland, Emil Erikson, Leonard Seppala, Gunnard Kasson!

Fünf Namen, an die sich alle Hoffnungen knüpften:

nicht nur der Einwohner Nomes, sondern auch von Millionen Menschen auf der ganzen Welt.

Fünf Namen, die Achtung und Bewunderung erweckten, kaum dass sie ausgesprochen wurden.

Jeder dieser fünf Männer war ein Glied der Kette, die nicht zerreißen durfte. Jeder von ihnen trug die gleiche Verantwortung.

Wenn einer von ihnen ausfiel, war die Stafette verloren.

Die fünf Männer selbst aber blieben ruhig.

Sie hatten nicht im Entferntesten das Gefühl etwas Außergewöhnliches zu tun. Für sie war die Aufgabe, die sie übernommen hatten, etwas Selbstverständliches: Irgendwo in der Einöde sterben Menschen und wir können sie retten. Sterben wir dabei? Vielleicht. Aber was immer geschehen mag, wir werden tun, was in unseren Kräften steht.

Und würde ihnen jemand die Sensationsartikel in den Zeitungen zeigen und sagen, sie seien die größten Helden dieser Tage, sie würden nur ungläubig die Köpfe schütteln und sagen:

„Ach, lasst uns in Ruhe mit solchen Dummheiten!"

Wer nun meint, die Stafette sei mit besonderer Feierlichkeit gestartet, der irrt sich gewaltig.

Will Shannon kam mit seinem Schlitten und einem Gespann von zwölf Eskimohunden zum Bahnhof in Nenana, meldete sich beim Stationsvorstand und wartete auf die Ankunft der Lokomotive.

Einige Freunde begleiteten ihn. Sie halfen ihm das Gespann zu prüfen, die Riemen festzuschnallen und warteten auf seine Abfahrt.

Schon erscholl das Pfeifen der Lokomotive, die in den Bahnhof einfuhr. Der Lokomotivführer sprang rasch ab und überreichte dem Stationsvorstand ein kleines Paket.

„Das ist alles?", wunderten sich die Männer, als sie das Päckchen sahen, das kaum ein halbes Kilogramm wiegen mochte.

Sie konnten nicht verstehen, dass das Leben vieler Menschen von etwas so Unscheinbarem abhängen konnte.

„Jawohl", lachte der Lokomotivführer. „Und wie schicken Sie es weiter?"

Aber niemand brauchte es ihm zu erklären, denn der Stationsvorstand hatte das Päckchen gleich Shannon übergeben. Der wickelte es in einen dicken Pelz, umschnürte das Ganze mit starken Riemen und befestigte die kostbare Fracht auf dem Schlitten.

Dann verabschiedete er sich mit einem Händedruck vom Lokomotivführer, vom Stationsvorstand und von seinen Freunden, sprang auf den Schlitten, knallte mit der langen Peitsche und – der erste Mann der Stafette fuhr los!

„Gute Fahrt!", riefen ihm alle nach.

Doch das hörte der erste Mann der Stafette nicht mehr. Er wusste, dass jede Stunde, vielleicht jede Minute die Rettung eines Menschenlebens bedeuten konnte und er drängte seine Hunde zur Eile.

Der Weg nach Tolovana führte durch einen dichten Wald entlang des linken Ufers der Tanana, die in den Yukon, den größten Strom Alaskas mündet. Der Pfad war voller Schneeverwehungen und Will Shannon musste sich mühsam eine Spur bahnen.

Als die Stafette Nenana verließ, zeigte das Thermometer minus 35 Grad Celsius und bei dem heftigen Wind empfand man den Frost doppelt stark.

Will Shannon trug einen dicken Pelz, eine Fellmütze, hohe Stiefel und warme Fäustlinge. Dennoch zitterte er nach einigen Stunden Fahrt vor Kälte. Um sich zu erwärmen, lief er eine Zeit lang neben dem Schlitten her.

Gegen Abend ließ der Wind nach.

Will Shannon benützte die Gelegenheit, die Hunde

zu füttern. Dann setzte er die Fahrt fort.

Während der Dunkelheit kam er viel langsamer vorwärts als bei Tag.

Oft stieß das Gespann auf hohe Schneewächten, oft war es nahe daran umzukippen, wenn es auf einen umgestürzten Baumstamm auffuhr.

Die Hunde taumelten dahin und auch Will Shannon spürte die Müdigkeit im ganzen Körper. Aber nicht einen Augenblick lang dachte er daran sich auszuruhen.

In Tolovana wurde er am Abend erwartet.

Das wohlgenährte Hundegespann Wurd Kallands ruhte sich im Postamtsgebäude aus. Wurd Kalland sah mit seinen Freunden ungeduldig auf die Zeiger der Uhr.

Wird es Will Shannon schaffen?

Er traf um Mitternacht ein. Er war todmüde, aber er lächelte.

„Gute Fahrt!", wünschte er Kalland, als er ihm das Serumpäckchen übergab.

Wurd Kalland befestigte es auf seinem Schlitten, winkte und fuhr los.

Gleich darauf flogen Telegramme nach Nenana, nach Hot Springs und Nome, dass Will Shannon glücklich angekommen sei und Wurd Kalland die Fahrt fortsetze.

Wurd Kalland hatte ungefähr 80 Kilometer vor sich.

Der gefährlichste Teil war die Überquerung des Flusses Tanana. Er war bis zu einem Meter tief gefroren, aber an den Stellen, an denen Strudel wirbelten, bildete das Eis nur eine trügerische, schwache Decke.

Es genügte, auf eine solche zu stoßen, und …

Die Temperatur nahm gegen Morgen stark ab. Über den Horizont stiegen Wolken, die das Nahen eines Schneesturms ankündigten.

Wurd Kalland trieb die Hunde zu immer größerer Eile an.

Als er endlich, halb erfroren, die verstreuten Häuschen von Hot Springs erblickte, zeigte sich auf seinem faltigen Gesicht ein zufriedenes Lächeln.

Wieder gab es dasselbe wie in Tolovana: ein neues Gespann, ein neuer Mann und ein freudiges Telegramm von Kallands Sieg.

Emil Eriksons Teilstrecke führte von Hot Springs nach Ruby. Die Entfernung, die zwischen den beiden Orten lag, schien umso größer, da Erikson auf dem Weg den mächtigen Yukon zweimal überqueren musste.

Als Emil Erikson aufbrach, war der Himmel mit schweren Wolken bedeckt. Es war völlig windstill.

Doch Erikson kannte die Bedeutung dieser Windstille. Er wusste, dass sie gewöhnlich von einem Sturm abgelöst wurde, in den sich auch der Kühnste nicht hinauswagen durfte. Und dennoch fuhr er los.

Das verzweifelte Nome wartete.

Der Sturm brach gleich nach Mittag los.

Gleichzeitig stürzten vom bleigrauen Himmel gewaltige Schneemassen. Der Sturm trieb sie vor sich her, er brauste, pfiff, knickte Bäume und blendete Fahrer und Hunde. Eine Zeit lang war es so dunkel, dass man keinen Schritt sehen konnte.

Die Hunde schleppten sich nur mühsam vorwärts und auch Emil Erikson konnte sich kaum mehr auf den Füßen halten.

Doch die Stafette fuhr weiter, nachmittags, abends und noch einen ganzen Tag lang, dreiunddreißig Stunden, ununterbrochen.

Dreiunddreißig Stunden übermenschlicher Anstrengung und Entbehrung.

Am 29. Jänner um neun Uhr abends traf der völlig erschöpfte Emil Erikson in Ruby ein.

Dort erwartete ihn bereits ungeduldig der Mann, der die längste und gefahrvollste Strecke bewältigen sollte: Leonard Seppala.

Leonard Seppala

Kein anderer hätte es wagen dürfen, einen so gefahrvollen Weg wie jenen von Ruby nach Unalakleet zurückzulegen, als Leonard Seppala.

Wie Gunnard Kasson stammte er aus Finnland. Seit frühester Kindheit lebte er im hohen Norden, sodass er sich an die Rauheit Alaskas viel früher gewöhnt hatte als viele andere Einwohner. Er war groß und hatte blonde Haare. Aus seinen Augen strahlte ein eiserner Wille.

Sein Gespann war das beste von ganz Ruby.

In anderen Ländern sind die Bauern stolz auf ihre Rosse, in Alaska die Menschen auf ihre Hunde.

Seinen Leithund Balto hatte Seppala nach dem Baltischen Meer benannt, damit er stets eine Erinnerung an die entfernte Heimat habe.

Balto war ein besonders groß und kräftig und überaus gescheit. Er konnte zwar nicht über einen vorgehaltenen Stock springen, auch nicht bitten oder Pfötchen geben, aber wenn sein Herr nur ein paar Worte zu ihm sprach, verstand er sofort, was er von ihm wollte.

Manchmal geschah es, dass die Meute der Hunde zu raufen begann. Ein Wink Seppalas – und Balto war zwischen ihnen.

Es genügte, dass er einen oder zwei Rebellen ins Ohr biss, kurz aufbellte, die Zähne fletschte – und es trat Ruhe ein. Die Hunde winselten und krochen unterwürfig in ihre Hütten oder umschmeichelten Balto.

Zu Beginn der Fahrt hielt sich Seppala entlang des Yukon. Er durchquerte einen Wald, der die Wucht des Orkans einigermaßen abschwächte. Trotzdem kam das Gespann nur langsam vorwärts, denn oft zwang ihn ein vom Sturm gefällter Baum zum Ausweichen.

Gegen Morgen überschritt er den Yukon.

Vor dem Hundegespann lag eine weite sumpfige Ebene.

Hier bedrohte sie nicht nur der Sturm, der jetzt ungehindert – ohne die schützende Wand des Waldes – mit wilder Wucht tobte, sondern auch der Frost nahm gefährlich zu. Außerdem konnte jeder Fehltritt das Versinken in die Tiefe bedeuten.

Seppala kannte derartige Sumpfgelände, wo nur eine dünne Schicht an der Oberfläche gefroren war. Er wusste, wie leicht sie durchbrach, wenn auch nur ein einzelner Hund sie betrat – geschweige denn ein ganzes Gespann!

Deshalb fuhr er sehr vorsichtig und verließ sich auf den Instinkt Baltos.

Stunde um Stunde verstrich. Die Eintönigkeit der Landschaft war endlos. Die Hunde taumelten vor Müdigkeit und auch vor Hunger, denn weit und breit war keine windgeschützte Stelle, wo Seppala das Gespann hätte füttern können.

Also beschloss er, kurze Zeit auf freier Ebene anzuhalten. Er hielt Rast und fütterte die Hunde mit gefrorenen Fischen. Begierig stürzten sie sich darauf.

Bevor er zu Balto kam, hatte das erste Hundepaar beim Schlitten seinen Teil bereits aufgefressen und forderte mit kurzem Gebell mehr. Seppala warf ihnen noch einige Fische zu und streichelte die treuen Tiere.

Dabei fiel sein Blick auf den Schnee, von dem sich rote Flecke abhoben. Woher stammten die?

Einer der Hunde hob die Pfote, und Seppala sah, dass sie blutete. Armes Tier!

Dem Mann tat es in der Seele weh, doch was nützte es? In Nome starben Kinder. Sie warteten auf Rettung.

Noch einmal streichelte Seppala die Hunde, dann bückte er sich nach dem Schlitten.

Die Hunde, die sich immer noch nach ihm umblickten, glaubten wohl, dass er ihnen neues Futter reichen wolle.

Rasch liefen sie zu ihm. Jeder wollte der Erste sein.

Und da geschah es.

Ein kurzes, trockenes Knistern.

Seppala begriff sofort, was das bedeutete. Doch bevor er zur Seite treten konnte, brach unter ihm die Eisdecke und er versank mit dem Schlitten im Sumpf.

Die erschockenen Hunde sprangen aufs feste Eis und liefen davon.

Nur Balto kehrte im Bogen zu seinem Herrn zurück.

„Vorwärts, Balto! Zieh!", rief Seppala und bemühte sich, festen Boden unter die Füße zu bekommen.

Doch das trügerische Eis brach stets von neuem.

Der kluge Hund begriff.

Er lief an seinen Platz an der Spitze des Gespanns und legte sich mit ganzer Kraft in die Stränge.

Jetzt mussten auch die anderen Hunde mitziehen.

Zum Glück waren die Riemen aus bestem Leder. Sie wären sonst sicher gerissen, denn die Schlittenkufen waren festgeklemmt.

Endlich gelang es Seppala, sich aufs Eis zu legen, den Schlitten zu heben und frei zu machen.

Kaum war das Gefährt wieder auf dem Eis, als es mit Macht davonschoss.

„Balto, halt!", rief Seppala, der sich mit Mühe aufrichtete.

Er hatte zwar einen dicken Fellanzug an, aber dennoch war ihm die Feuchtigkeit bis auf die Haut gedrungen, sodass er erbärmlich fror.

Die Hunde hielten gehorsam an.

Seppalas erster Gedanke galt dem Serumpäckchen. Das Fell, in das es eingehüllt war, zeigte an der Oberfläche zwar Spuren von Nässe, innen jedoch war es trocken.

Beruhigt sprang er auf den Schlitten und setzte die Fahrt fort.

Der Sturm wütete weiter, und Seppala fühlte, wie ihm die Füße steif wurden. Er begann neben dem Schlitten herzulaufen. Das half ein wenig. Das Blut kreiste in seinen Adern, doch zugleich wurde er so müde, dass er sich wieder auf den Schlitten stellen musste.

Währenddessen begann sich das Bild der Landschaft zu wandeln.

Die ausgedehnte Ebene wurde von Hügeln abgelöst. Zuerst waren es nur sanfte Erhebungen, doch je länger die Fahrt dauerte, desto steiler wurden sie, bis sie zuletzt in eine Bergkette übergingen.

War schon der Weg durch die Tundra gefahrvoll, so war er es jetzt erst recht, denn hinter jedem Hügel konnte eine Schlucht lauern.

Es war schon später Nachmittag, als Seppala ein lang gestrecktes Tal durchquerte. Zu beiden Seiten erhoben sich mächtige Kuppen zu gewaltiger Höhe. Da die Gewalt des Sturms inzwischen nachgelassen hatte, ging die Fahrt jetzt viel rascher.

Plötzlich ertönte aus der Ferne ein dumpfes Grollen.

Seppala sah sich besorgt um.

Sein Blick fiel auf den steil aufragenden Berghang zu seiner Rechten: eine Lawine!

Gewaltige Schneemassen stürzten in das enge Tal, das er gerade durchfuhr.

Ein Blick überzeugte ihn, dass es keinen Ausweg gab. Die Lawine war zu breit.

Rasch lenkte er das Gespann zum gegenüberliegenden Hang. Er knallte mit der langen Peitsche und feuerte die Hunde durch lauten Zuruf zu größerer Eile an.

Doch die Hunde hatten die Gefahr gewittert und

schossen pfeilgeschwind dahin, um dem drohenden Tod zu entgehen.

Aber die Lawine war schneller.

Kaum hatte Balto den Fuß des Berges erreicht, prasselten riesige Schneemassen herab und erstickten Seppalas Aufschrei und das ängstliche Gekläff der Hunde.

Das Hundegespann war unter der Lawine begraben.

Still war es im Tal.

Das Tosen der Lawine war verstummt.

Nur über den Bergen tobte der Sturm.

Das Schweigen dauerte eine Sekunde, zwei, langsam wurden Minuten daraus.

Da begann es sich im Schnee zu regen.

Dann wieder und wieder.

Und plötzlich wurde Baltos Kopf sichtbar.

Er blickte nach vorn, dann wandte er sich um. Es dauerte eine Weile, bis er begriffen hatte.

Doch dann grub er die Pfoten in den Schnee und scharrte, scharrte. Und bald schon hatte er die Köpfe des ersten Hundepaares frei gelegt.

Balto bellte freudig auf und scharrte noch emsiger.

Die beiden Hunde befreiten sich aus den Schneemassen, schüttelten sich und halfen sofort beim Graben. Der Schnee flog nach links und rechts und immer neue Hundepaare kamen frei.

Endlich wurde der Schlitten sichtbar, neben ihm Seppala. Die Lawine hatte ihn so unglücklich getroffen, dass er mit dem Kopf auf den Schlitten aufgeschlagen war und das Bewusstsein verloren hatte.

Mit freudigem Gebell scharten sich die Hunde um ihn, doch dann verstummten sie.

Ihr Herr regte sich nicht.

Die Tiere blieben erstaunt stehen. Keines rührte sich.

Vielleicht wäre das ganze Gespann erfroren, wenn Balto nicht gewesen wäre.

Es bleibt unerklärlich, warum er das tat.

Vielleicht wollte er seine Liebe zu seinem Herrn zeigen. Vielleicht regte sich dasselbe Gefühl in ihm wie für seine Jungen.

Er kroch ganz nahe zu seinem Herrn heran und begann dessen Gesicht zu lecken.

Das half.

Der Verletzte blinzelte mit den Augen, dann öffnete er sie ganz.

Balto bellte freudig.

Seppala schaute um sich.

Das Gespann lag im Schnee wie in einer Gruft. Während Balto nur wenige Zentimeter Schnee bedeckt hatten, war Seppala unter einer hohen Schicht verschüttet gewesen.

Selbst wenn er nicht verwundet gewesen wäre, hätte er sich allein niemals befreien können.

Dankbar blickt er auf Balto und die übrigen Hunde. Er dankte ihnen nicht nur für sich, für seine Frau und seine Kinder, die ihn daheim erwarteten, sondern auch für die Kinder von Nome, die von ihm Rettung durch das Serum erwarteten.

Das Serum! Es sollte so rasch wie möglich in Nome sein! Und er lag da im Schnee, als hätte er weiß Gott wie viel Zeit!

Er wollte sich erheben, doch es war unmöglich. Sein Kopf schmerzte, vor den Augen flimmerte es ihm. Der ganze Körper brannte wie Feuer.

Seppala erkannte voll Schrecken seine Lage.

Er war allein in weiter Einöde, über ihn brauste der Sturm hinweg, der ständig neuen Schnee auf ihn häufte – und dort in der Ferne erwartete man ihn vertrauensvoll.

Er wird diese Erwartung enttäuschen! Das Päckchen, das so viele Tausende Kilometer zurückgelegt hatte, das durch so viele Hände gegangen war, bleibt bei ihm stecken! Seppala gelangt nicht ans Ziel!

Diese Gedanken schmerzten ihn mehr als sein verwundeter Körper.

Er erhob sich von neuem. Er taumelte, wankte und stürzte wieder zu Boden.

Das geschah mehrere Male. Endlich gelang es ihm, auf den Schlitten zu klettern.

„Los, Balto!", rief er mit matter Stimme.

Dann verlor er das Bewusstsein.

Balto zog den Schlitten aus dem Kanal, den er mit den Hunden im Schnee gegraben hatte, und fuhr so lange, bis sie die Reste der Lawine hinter sich gelassen hatten. Dann gelangten sie in ein freies Tal.

In der Ebene kam das Gespann rascher vorwärts.

Oftmals blickte Balto zurück, um sich zu überzeugen, dass sein Herr noch auf dem Schlitten lag.

Der Anblick der dahineilenden Stafette war ungemein traurig.

Seppala lag reglos auf dem Schlitten. Die Hunde liefen bei aller Eile behutsam, als wüssten sie, dass sich etwas Außergewöhnliches ereignet hatte.

Plötzlich fuhr der Schlitten auf ein Hindernis auf. Er schwankte zur Seite, und im gleichen Augenblick lag Seppala im hart gefrorenen Schnee. Beim Fallen schlug er so heftig mit dem Kopf auf, dass er aus seiner Ohnmacht erwachte.

Er richtete sich halb auf und blickte um sich. Der Schlitten war schon mehrere Meter entfernt, und die Hunde zogen ihn immer weiter.

„Balto! Balto!", rief er aufgeregt.

Der Leithund schaute sich um, hielt an und kehrte zu seinem Herrn zurück.

Er bellte und begann, sich an Seppalas Füßen zu reiben.

„Bravo, Balto!", streichelte ihn sein Herr. „Gut hast du uns gefahren", sagte er dann nach einem Blick auf den Kompass.

Zum zweiten Mal senkte sich die Nacht auf die verschneite Landschaft.

Der Sturm ließ noch immer nicht nach.

Seppala fütterte die Hunde und sie setzten dann ihren Weg in der Nacht fort.

Eine Zeit lang war er bei klarem Bewusstsein, dann wiederum versank er in ein halb bewusstloses Dämmern. Er musste sich auf Balto verlassen, der das Gefährt sicher leitete.

Das Hundegespann schleppte sich nur mühsam weiter.

Die Pfoten der Hunde waren so aufgerieben, dass sich hinter dem Schlitten eine deutliche Blutspur vom Schnee abhob. Jeder Tritt bereitete den Tieren Schmerzen.

In erbärmlichem Zustand erreichte Leonard Seppala mit seinen Hunden Unalakleet.

Sie hatte eine Strecke von 250 Kilometer zurückgelegt, war vierundzwanzig Stunden ununterbrochen unterwegs gewesen und hatte unbeschreibliche Mühsal erduldet.

Die Männer von Unalakleet, die schon seit Stunden zwischen Hoffnung und Befürchtung geschwankt hatten, waren Seppala entgegengefahren. Sie wollten ihm die Hand reichen, ihm danken, ihn stärken.

Seppala war völlig erschöpft. Er zeigte schweigend auf das Serumpäckchen und flüsterte kaum hörbar:

„Versorgt die Hunde!"

Dann wurde er ohnmächtig.

Doch schon hatte Gunnard Kasson das Päckchen auf seinem Schlitten befestigt.

Während man die Hunde wegführte und sich um den bewusstlosen Seppala sorgte, schlug er als das letzte entscheidende Glied der Stafette ein: den Weg zum Meer.

Zwischen Leben und Tod

Seit dem Augenblick, da in Nome die Nachricht eingetroffen war, dass die Stafette unterwegs sei, atme-
ten die Bewohner des Städtchens freier. Sie wussten,
dass noch nicht alles gewonnen war, aber dennoch
fassten sie neue Hoffnung.

Das Postamt wurde belagert.

Nicht nur Doktor Welch und der Journalist Hilton
warteten ungeduldig auf Nachrichten über die nahen-
de Rettung, sondern vor allem die Eltern der erkrank-
ten Kinder.

Auch jene, in deren Häusern die Krankheit bisher
nicht wütete, kamen öfters im Tag auf das Postamt.
Sie wollten erfahren, was in der Zwischenzeit passiert
war.

Jeder Abschnitt der Stafette wurde atemlos verfolgt.
Die Namen ihrer Männer wurden mit Bewunderung
ausgesprochen.

An dem Tag, da Seppala von Ruby gestartet war,
ging es in Nome ungewöhnlich lebhaft zu.

Dass es verboten war, Ansammlungen zu bilden,

darum kümmerte sich niemand. Die Leute riefen sich die Neuigkeit laut auf der Straße zu.

„Haben Sie es schon gehört?", fragte einer den andern.

„Was denn?"

„Nun, von Seppala!"

„Ja, Seppala! Das ist ein toller Bursche!"

„Was meinen Sie – wird er es schaffen?"

„Ganz sicher! Seppala wird durchkommen. Bestimmt!"

„Aber wenn die Strecke doch so lang und so gefährlich ist …"

„Aber einer hat gesagt, dass er Seppala kennt. Das soll ein ganz harter Bursche sein. Und ich – ja ich weiß es selbst nicht, warum ich so an ihn glaube. Aber eine innere Stimme sagt mir, dass er es schaffen wird."

„Gott geb's!"

Je länger das Postamt in Unalakleet schwieg, desto mehr glaubten die Menschen an Seppala.

Niemand wollte auch nur daran denken, dass Seppala in der Wildnis stecken bleiben könnte.

Sie wussten, dass das Gebiet, das Seppala durchqueren musste, große Gefahren barg: trügerische

Sümpfe, schroffe Felsgrate und steil abfallende Schluchten, in denen ausgehungerte, wilde Tiere lauerten. Und dennoch glaubten sie an ihn.

Als die Nachricht eintraf, dass Seppala mit seinem Hundegespann in Unalakleet angekommen war, da wurde den ganzen Abend hindurch bis tief in die Nacht hinein von nichts anderem gesprochen als: „Seppala ist durchgekommen!" – Und die Menschen gaben zu, wie wenig sie selbst eigentlich an das Gelingen geglaubt hatten.

Die Aufregung erreichte ihren Höhepunkt, als Unalakleet meldete, dass Gunnard Kasson gestartet sei.

Gunnard Kasson!

Tag und Nacht musste Doktor Welch an ihn denken.

Und nicht nur Doktor Welch und die Leute in Nome, auch die Menschen, die durch Hiltons Reportagen über die Geschehnisse immer genau informiert wurden.

Vor allem aber waren es die Mütter, die sich über ihre kranken Kinder beugten und sie trösteten mit den zwei Worten: Gunnard Kasson…

Gunnard Kasson ist auf dem Weg!

Wird er es schaffen?

Gunnard Kasson

Gunnard Kasson hatte die Wahl: Er konnte über Land oder übers Meer nach Nome kommen.

Der Weg entlang der Küste war zwar gefahrloser, aber bedeutend länger. Der direkte Weg über den zugefrorenen Norton-Sund war sehr unsicher, doch bedeutend kürzer.

In Unalakleet waren die Nachrichten über weitere Todesfälle an Diphtherie eingetroffen. Deshalb entschloss sich Kasson den Weg übers Meer zu nehmen.

Es kam auf jede Stunde an.

Er wusste, dass die größte Schwierigkeit die Orientierung war.

Er hätte sich leichter orientieren können, wenn die Sterne geleuchtet hätten. Doch der Schneesturm tobte noch immer. Er nahm ihm jede Sicht. Nirgends gab es einen festen Punkt, nach dem er sich hätte richten können.

Deshalb nahm Kasson einen speziellen Kompass mit leuchtender Nadel und Windrose mit.

Damit konnte er sicher die Richtung bestimmen.

Je weiter er sich vom Festland entfernte, desto größere Hindernisse stellten sich ihm in den Weg.

Nicht nur die Spalten im Eis machten die Fahrt gefährlich. Häufig stieß er auch auf Eisschollen, die sich hoch übereinander getürmt hatten.

Oft waren diese Eisschollen so riesig, dass er sie umgehen musste. Und wenn sich die Schollenberge über weite Strecken ausdehnten, dann musste sie Kasson mit seinen Hunden sogar übersteigen.

Das war ungeheuer beschwerlich.

Das vorderste Hundegespann kletterte hinauf und glitt auf der schroff abfallenden Seite hinunter. Dabei zog es das übrige Gespann mit dem Schlitten nach.

Dennoch hatte Kasson diesen Weg gewählt. Er wollte keine Minute verlieren.

Gegen Abend ließ der Sturm nach.

Kasson fütterte die Hunde und fuhr nach kurzer Rast weiter.

Tiefe Nacht war hereingebrochen. Ihre Stille wurde von Zeit zu Zeit vom dumpfen Dröhnen berstenden Eises gestört.

Am nächsten Tag waren die Hunde erschöpft. Sie schleppten sich mit letzter Kraft vorwärts. So wie die

Hunde Seppalas hatten sie ihre Füße wund gelaufen und bluteten aus vielen Abschürfungen.

Kasson hatte sich ausgerechnet, dass er am Morgen des 2. Februar in Nome eintreffen werde. Doch es ging bereits gegen Mittag und es war noch immer keine Spur vom Festland zu sehen.

Kasson wurde unruhig.

War er zu weit von der richtigen Richtung abgewichen?

Hatte er sich verirrt und war aufs Meer hinausgefahren?

Bei diesem Gedanken erschrak er. Denn das bedeutete nicht nur seinen Untergang, sondern auch den Tod für die Kinder von Nome!

Angestrengt schaute er aus, ob er nicht vor sich oder vielleicht rechts davon doch einen Streifen Land erblicke.

Aber überall sah er nur eine von Eis bedeckte Meeresfläche, hie und da von einem Eisberg oder von mächtigen Schneewechten unterbrochen.

Da entdeckte er in weiter Entfernung dunkle Punkte. Sie hoben sich deutlich von der weißen Fläche der Eisschollen ab.

Wölfe!

Kasson fürchtete sich nicht.

Im Gegenteil! Er freute sich fast, denn die Gegenwart von Wölfen war ein sicheres Zeichen, dass das Festland nicht weit war.

Mit neuer Zuversicht trieb er die Hunde an.

Wenn ihn nur die Wölfe nicht aufspürten!

Kasson war zwar auf alles vorbereitet. Er hatte ein ausgezeichnetes Gewehr und genügend Patronen. Aber jetzt. so nahe dem Ziel, wäre es schade um jede Minute, die er aufgehalten würde.

Er lenkte das Gespann zu einer hoch aufragenden Eisscholle. Er verbarg sich dahinter und schaute sich vorsichtig um. Und freute sich:

Die Wölfe liefen weit hinten am Horizont in der Richtung, aus der Kasson gekommen war. Sie schossen pfeilschnell dahin.

Bald waren sie nicht mehr zu sehen.

Kasson atmete erleichtert auf und trieb die Hunde zu noch größerer Eile an.

Die liefen eine Weile gleichmäßig weiter. Plötzlich aber wurden sie unruhig. Ohne dass Kasson sie anfeuern musste, liefen sie immer schneller.

Der Schlitten schoss mit Windeseile dahin.

Was bedeutete das?

Kasson schaute zurück und erkannte, warum die Hunde so unruhig waren.

Hinter ihnen stürmte ein Rudel Wölfe daher.

Dieselben, die er vorhin gesehen hatte.

Sie waren auf Kassons frische Spur gestoßen und hatten sie verfolgt.

Kasson knallte mit der Peitsche und feuerte die Hunde durch Zurufe an. Die Angst vor den hungrigen Wölfen verlieh ihnen unglaubliche Kräfte.

Gunnard Kasson war schon oft mit Wölfen zusammengestoßen. Er kannte sie gut, noch von Finnland her.

Auch hier in Alaska hatte er an Jagden auf diese Raubtiere teilgenommen, die zur Winterszeit die Siedlungen bedrohen.

Doch niemals war er – so wie jetzt – ganz allein einem Rudel hungriger Wölfe gegenüber gestanden.

Seine Hand zitterte, als er sein Gewehr auf den großen Leitwolf anlegte, der der Meute um mehrere Meter voraus war. Doch gleich hatte er sich wieder in der Gewalt.

Ein kurzer Knall – der Wolf sprang in die Höhe und blieb regungslos liegen. Die nachkommenden Wölfe stürzten sich auf den Getroffenen.

Diese Verzögerung brachte Kasson einen Vorsprung.

Doch schon kam das Rudel wieder näher.

Es war noch wütender und noch schneller, denn der Geruch des frischen Blutes hatte seine Wildheit gesteigert.

Kasson gab mehrere Schüsse ab.

Jedes Mal blieb ein Wolf liegen und seine Gefährten stürzten sich auf die unerwartete Beute.

Trotzdem wurde der Abstand zwischen der Stafette und den Wölfen immer kleiner.

Die Schnelligkeit der Hunde änderte sich aber nicht. Sie spürten die Gefahr, die ihnen drohte, und Kasson musste sie gar nicht erst antreiben.

Plötzlich stieß der Schlitten auf eine Eisscholle und machte einen Sprung.

Und ehe Kasson es verhindern konnte, versank die Patronentasche im Schnee.

Kasson erschrak.

Jetzt war er fast wehrlos.

Er hatte noch drei oder vier Patronen im Magazin, aber was bedeutete das gegen eine Meute von mehr als zwanzig Wölfen!

Nur die Schnelligkeit der Hunde konnte sie retten.

Aber wie lange konnten die dieses wahnsinnige Wettrennen durchhalten?

Im letzten Augenblick hatte Kasson einen glücklichen Einfall.

Er ergriff den Beutel mit dem Fleisch, das für die Hunde bestimmt war, und warf Stück um Stück den Wölfen vor.

Anfangs hielten sie bei jedem Bissen an, rauften sich darum – und Kasson gewann ein paar kostbare Minuten. Doch als sich das mehrmals wiederholte, erkannten die Wölfe, dass das kleine Stückchen Fleisch ohnehin nicht für alle reichte. Deshalb überließen sie es dem Ersten, der es erbeutete, und stürmten weiter.

Schließlich öffnete Kasson den Beutel ganz und warf ihnen das Fleisch auf einmal zu.

Diesmal hielten alle Wölfe an, und damit hatte Kasson wiederum einen Vorsprung erreicht. Er richtete seine volle Aufmerksamkeit auf sein Gespann und auf den Weg.

Wer beschreibt aber sein Erschrecken, als er anstatt des Festlandes einen mächtigen Eisberg vor sich erkannte!

Ein einziger Blick überzeugte ihn, dass er ihn nicht umgehen und auch nicht auf seinen Gipfel gelangen konnte.

Das war das Ende.

Dicht am Fuß des Eisbergs hielt er an. Mit ein paar schnellen Schnitten befreite er die Hunde von ihren Riemen. Zuerst den Leithund Blitz.

„Blitz, fass!", befahl er.

Der Hund gehorchte.

Mutig stürmte er dem Wolfsrudel entgegen, das rasch näher kam.

Die übrigen Hunde zögerten. Zuerst schien es, als wollten sie davonlaufen, doch schließlich ließen sie sich vom Beispiel ihres Anführers mitreißen.

Der Kampf war furchtbar.

Kasson feuerte seine letzten Schüsse ab. Dann sprang er den Hunden bei und half ihnen mit mächtigen Kolbenschlägen.

Die Wölfe zögerten. Doch nur wenige Sekunden. Ihre Übermacht war zu groß.

Obwohl die Hunde mit bewundernswertem Mut kämpften, wurden sie doch immer weniger.

Da fiel der stärkste Wolf Blitz an.

Kasson sah es. Er sprang dem Angreifer entgegen und holte zu einem tödlichen Schlag mit dem Kolben seines Gewehrs aus.

Der Wolf ließ von Blitz ab, wich aus und schon hatte er seinen Fang in den Kolben geschlagen.

Ein Ruck – und der Wolf hatte Kasson das Gewehr entrissen.

Kasson sprang zum Schlitten zurück. Er schaute sich nach einem Gegenstand um, der ihm als Waffe dienen konnte. Doch außer dem Serumpäckchen und einigen Kleinigkeiten war der Schlitten leer.

Rasch warf er die Decken herunter und hob den schweren Schlitten hoch empor.

Die Hunde liefen zu ihm zurück.

Sie scharten sich um ihren Herrn, als wollten sie bei ihm Schutz suchen.

Im letzten Augenblick

An diesem Tag lebte Nome vom frühen Morgen an wie im Fieber.

Jeden Augenblick liefen die Menschen aus ihren Häusern, um zu schauen, ob die Rettung nahe sei. Das Postamt wurde mit telegrafischen Anfragen aus aller Welt bestürmt.

„Ist Gunnard Kasson schon da?"

Und immer die gleiche Antwort:

„Noch nicht."

Im Laufe des Tages steigerte sich die fieberhafte Spannung, denn die Epidemie wütete weiter.

Welches Haus Doktor Welch auch betrat, stets hörte er die gleichen Worte, denselben Namen: Gunnard Kasson!

„Ist er noch nicht da, Herr Doktor?"

„Noch nicht."

„Und was glauben Sie – wird er kommen?"

„Wir müssen hoffen!"

Gegen Mittag kam der Sheriff aufs Postamt.

„Smith, verbinden Sie mich mit Unalakleet!"

„Bitte . . . sofort!"

Der Sheriff ergriff den Hörer.

„Hallo, hier der Sheriff von Nome. Wissen Sie etwas von Kasson? – Noch immer nichts? – Ja, ich werde es veranlassen. Ich habe auch daran gedacht. – Danke! – Ja, danke!"

Der Sheriff hängte den Hörer ein und lief auf den Marktplatz, wo einige Männer lebhaft miteinander redeten.

Als sie ihn sahen, liefen sie zu ihm.

„Sheriff, wir haben gerade davon gesprochen, dass man etwas unternehmen müsste ..."

„Ausgezeichnet, Freunde! Ich habe mit Unalakleet vereinbart, dass wir nach Kasson suchen werden."

„Das wird das Beste sein", stimmte Davison zu. „Wir dürfen nicht zulassen, dass die Stafette im letzten Augenblick scheitert."

„Freunde", sprach der Sheriff, „geht rasch nach Hause, bereitet Schlitten und Gespanne vor, in einer Viertelstunde brechen wir auf!"

Innerhalb von zehn Minuten standen fünfzehn Männer mit ihren Hundeschlitten bereit.

„Wohin geht es?", fragten die Umstehenden.

„Kasson entgegen!"

Die Kunde eilte von Mund zu Mund. Bald wusste die ganze Stadt, dass man Kasson entgegenfahren werde, und jeder wollte mithelfen.

Die Aussicht, Kasson zu finden, war zwar gering, denn das Meer war weit und die Eisberge behinderten die Sicht. Aber dennoch war es tausendmal besser, ihm entgegenzufahren, als untätig am Strand umherzuirren mit den Gedanken: Wird er ankommen? Wird er es schaffen?

So wuchs die Zahl der Teilnehmer an der Rettungsexpedition auf das Doppelte an.

Am Ufer der Norton-Bucht ließ der Sheriff anhalten.

„Wir teilen uns in drei Gruppen", bestimmte er. „Die eine, unter Führung von Davison hält sich entlang des Ufers. Die zweite führt Freeman. Sie fährt in weitem Bogen nach rechts. Mit der dritten Gruppe fahre ich. Wir halten uns in der Mitte."

„Es wird gut sein, wenn sich jede Gruppe aufteilt, damit uns nichts entgeht", schlug Freeman vor.

Alle stimmten zu.

„Und noch etwas", bemerkte Davison. „Wenn eine Gruppe Kasson findet, gibt sie den anderen ein Zeichen durch drei aufeinander folgende Schüsse."

„Viel Glück!", riefen die Männer, und die drei Gruppen brachen auf.

Der Journalist Hilton schloss sich der Gruppe des Sheriffs an.

Sie waren ungefähr eine halbe Stunde gefahren, als der Sheriff das Zeichen gab anzuhalten.

„Habt ihr das gehört?", fragte er.

„Ja."

„Dort schießt man!"

„Gerade vor uns!"

„Vorwärts!", befahl der Sheriff.

Ach, was war das für eine eilige Fahrt!

Und wieder – horch!

Schuss! Schuss!

Kein Zweifel – es musste Gunnard Kasson sein! Er war in Gefahr!

Plötzlich verstummten die Schüsse.

Die Männer schauten einander bestürzt an.

Dann – als hätten sie sich verabredet – trieben sie die Hunde zu höchster Eile an.

Die Schlitten schossen nur so über das Eis dahin.

Nicht lange und sie gelangten zu einer mächtigen Eisscholle, die ihnen die Aussicht verwehrte. Die

Hunde nahmen Anlauf, um auf den Gipfel der Scholle zu kommen.

Die meisten glitten ab, doch einigen gelang es, festen Fuß zu fassen.

Der Sheriff war als Erster oben.

Der Anblick, der sich ihm bot, ließ das Blut in seinen Adern erstarren.

Unter ihm stand mit weit gespreizten Beinen Gunnard Kasson. In den Händen hielt er den Schlitten, mit dem er wild um sich hieb. Zu seinen Füßen lagen tote Wölfe, doch neue Angreifer drangen immer wilder auf ihn ein.

„Schießt!", schrie der Sheriff. „Aber Achtung auf die Hunde!"

Die Schüsse hallten weithin über das Eis.

Mehrere Wölfe wälzten sich in ihrem Blut.

Eine neue Salve fällte noch weitere Tiere. Das Wolfsrudel war jetzt auf die Hälfte zusammengeschrumpft.

Die übrigen Wölfe spähten zuerst kampfbegierig nach der Richtung, aus der die Schüsse kamen. Doch kaum hatten sie die Männer erblickt, ergriffen sie die Flucht.

Die Hunde wollten sie gleich verfolgen, doch auf

Kassons Zuruf kehrten sie gehorsam zurück.

Von zwölf Hunden waren nur fünf am Leben geblieben. Und die waren arg mitgenommen. Am schlimmsten war Blitz zugerichtet.

Gunnard Kasson schaute zu seinen Rettern empor, die oben auf der Eisscholle standen. Ein schwaches Lächeln umspielte seinen Mund. Dann lüftete er seine Pelzkappe und wischte sich den Schweiß von der Stirn.

Erst jetzt merkte er, dass er am Ende seiner Kräfte war.

„Kasson –", rief ihm der Sheriff zu, doch mehr vermochte er nicht zu sagen. Er war ergriffen wie nie zuvor in seinem Leben.

Auch die übrigen Männer schwiegen. Dankbar schauten sie auf den Mann, der sein Leben für die Rettung ihrer Stadt gewagt hatte.

„Ich weiß", lachte Kasson und drückte lange die Hände, die sich ihm entgegenstreckten.

Der Sheriff nahm eine Schnapsflasche aus der Tasche und reichte sie ihm.

Kasson tat einen kräftigen Schluck.

„Und – für die Hunde – habt ihr auch etwas?", fragte er.

Einige Männer öffneten ihre Beutel mit Fleisch und die arg zugerichteten Hunde stürzten sich gierig darauf.

Erst jetzt sah Kasson, wie stark sie bluteten. Die Männer halfen ihm sie zu verbinden und legten sie auf ihre Schlitten.

Dann blickten sie auf das unscheinbare Päckchen, das Kasson in seinen Händen hielt. Es erinnerte sie daran, wie sehnsüchtig sie daheim erwartet wurden.

Vor Kassons Schlitten spannten sie ihre eigenen Hunde – und mit drei Schüssen gaben sie den anderen Gruppen das Zeichen, dass das gerettete Serum auf dem Weg zur Stadt war.

Am Ziel

Eine ganze Woche lang hatten die Eltern ihre Kinder daheim eingesperrt, um sie vor der Krankheit zu bewahren. Heute aber waren alle so aufgeregt, dass sie diese Vorsichtsmaßnahmen vergaßen.

Die Buben liefen gleich zum Strand hinaus.

„Brr! Wie kalt! Spielen wir etwas!", schlug George Welch vor.

„Was denn?"

„Stafette!"

Sie bildeten einen Kreis und begannen mit dem Lauf.

„Aber, das ist doch nichts, im Kreis laufen", sprach ein kleiner Eskimojunge.

„Wie sollen wir es denn machen?"

„So wie die Großen, einer nach dem anderen!"

„Aber wohin sollen wir laufen?"

„Nun, in die Stadt und wieder zurück."

Der neue Vorschlag gefiel allen.

Sogleich begannen sie, sich in Abständen voneinander aufzustellen.

Als erster George, die anderen stets in Entfernung von ungefähr dreihundert Meter.

Der Letzte war der kleine Eskimo. Er stand nur ein paar Meter entfernt vom ersten Haus in Nome.

Als alle ihre Plätze eingenommen hatten, hob der Eskimo sein Taschentuch zum Zeichen, dass er bereit sei.

Kaum hatte das der hinter ihm stehende Bub gesehen, erhob er das seine. So gelangte das Zeichen bis zu George.

In dem Augenblick, als George loslaufen wollte, drang ein Geräusch an seine Ohren.

Er schaute zum Meer hinaus und sah wie die drei Gruppen zurückkehrten.

Und sie waren nicht allein!

Mit ihnen kam Gunnard Kasson!

Vor Aufregung vergaß George zu winken und eilte zur Stadt.

„Gunnard Kasson!", schrie er aus vollen Lungen dem nächsten Verbindungsmann zu.

„Gunnard Kasson!"

Der Bub begriff. Er stürmte weiter.

Der nächste ebenso…

So geschah es, dass die Nachricht von Kassons

Ankunft innerhalb weniger Minuten in die Stadt gelangte.

Der letzte Läufer, der kleine Eskimo, lief durch die Straßen der Stadt und rief den wohlbekannten, tausendmal ausgesprochenen Namen.

Die Leute stürzten aus den Häusern und auch der Telegrafenbote trat aus dem Postamt. Als er den Ruf des Buben vernahm, dachte er einen Augenblick lang, es sei ein vielleicht nur ein übler Scherz. Trotzdem aber lief er mit den anderen mit.

Kaum hatte er den Stadtrand erreicht, sah er einen Zug von Männern mit Hunden und Schlitten entgegenkommen. Ihre Gesichter strahlten vor Freude.

Obwohl er ihnen mit den anderen entgegenlaufen wollte, besann er sich und kehrte rasch in das Postamt zurück. Gleich darauf saß er vor dem Telegrafenapparat und sandte die Botschaft in die Welt:

„Nome, 2. Februar 1925. Stafette am Ziel!"

Doktor Welch saß gerade beim Mittagstisch. Er dachte an die Kranken und vor allem an Gunnard Kasson.

Wird er durchkommen?

Immer wieder lief er vom Tisch zum Fenster. Kasson sollte doch schon längst hier sein.

Als er endlich die Jubelrufe vernahm, blieb er wie angewurzelt stehen.

„Susan, hast du es gehört?", flüsterte er aufgeregt. „Gott sei bedankt! Also doch …"

Und die so viele bange Tage und Nächte zurückgehaltene Spannung löste sich in befreienden Tränen.

Doktor Welch stürzte auf die Straße. Er kam gerade zurecht, um inmitten der jauchzenden Menge den letzten Mann der Stafette willkommen zu heißen.

Er umarmte den erschöpften Kasson.

In dieser feierlichen Stimmung dankte der Sheriff mit einfachen, vom Herzen kommenden Worten Gunnard Kasson für seine unvergleichliche Aufopferung.

Und als Kasson den Dank abwehrte und an die übrigen Männer erinnerte, fuhr der Sheriff fort:

„Ja, alle habt ihr gleiche Verdienste, ich weiß. Und deshalb danke ich allen Männern, die ihr Leben eingesetzt haben, um unsere Stadt und unsere Kinder zu retten. Eure Tat wird in unseren Herzen und im Gedächtnis derer leben, die nach uns kommen. Ich danke euch!"

Die Leute umringten Kasson.

Es dauerte lange, ehe sie sich zerstreuten. Sie konnten es noch kaum fassen, dass das Wunder Wirklichkeit geworden war.

Sie waren gerettet!

Doktor Welch eilte mit dem Serumpäckchen in seine Ordination.

Bald wird er seine Kranken besuchen – einen nach dem anderen –, lange, lange, bis tief in die Nacht hinein.

Er bringt das Leben.

Ausklang

Ein Jahr war seither verstrichen. Wiederum wehte kalter Nordwind.

Die Einwohner Nomes saßen in dem geheizten Saal des Hotels und warteten auf den Beginn der Kindervorstellung.

„Hoffentlich wird es nicht wieder verschoben wie im Vorjahr", sagte Frau Hastings und seufzte dabei.

„Ja, wir haben alle sehr viel durchgemacht", pflichtete ihr Davison bei. „Aber am schlimmsten waren Sie dran, Herr Doktor", wandte er sich an Doktor Welch.

„Nun, das ist vorbei..

„Als das Serum da war, war Gevatter Tod wohl mächtig böse", scherzte der Sheriff. „Von dem Augenblick an war ja seine Herrschaft mit einem Schlag vorbei. Niemand starb mehr, die Seuche erlosch."

„Das ganze Unglück hatte schließlich doch etwas Gutes", meinte ein älterer Herr.

„Etwas Gutes? Wieso?", fragten seine Nachbarin, erstaunt über die sonderbare Äußerung.

„Habt ihr denn nicht bemerkt, wie wir uns seither

näher gekommen sind, wie wir uns geändert haben?"

„Hm, das ist wahr. Während des ganzen Jahres gab es nicht einen einzigen Streitfall. Ein Rechtsanwalt müsste hier bei uns bald verhungern."

„Ich glaube, dass uns außer der Krankheit noch etwas Anderes zusammengebracht hat", sprach Davison nachdenklich.

„Und das wäre?"

„Die Stafette."

„Ja, die Stafette …! Jetzt noch halten wir den Atem an, wenn wir an diese tapferen Männer denken."

„Es tut mir nur leid, dass wir außer Kasson keinen von ihnen kennengelernt haben. Wisst ihr, es ist eigenartig: Männer wagen für uns ihr Leben – und wir wissen nicht einmal, wie sie aussehen."

„Wir könnten sie nach Nome einladen."

„Aber ich bitte Sie, wer kommt schon in unsere kleine Stadt?"

Bei diesen Worten ertönte zum dritten Mal das Glockenzeichen und die Vorstellung begann.

Die Kinder spielten das Stück, das sie im Vorjahr einstudiert hatten.

Jeder Akt wurde mit großem Beifall belohnt.

Nach der Vorstellung trat der Sheriff auf die Bühne:

„Liebe Freunde, bleibt noch eine Weile auf euren Plätzen. Ich habe eine Überraschung für euch!"

Er gab den Kindern ein Zeichen, und eine Projektionsleinwand wurde herabgelassen. Dcr Filmoperateur ging in seine Kabine.

Der Kinoapparat begann zu surren. Das Licht erlosch.

Auf der weißen Bildfläche erschien die Aufschrift:

Die Alaska-Stafette

Im Saal summte es, doch gleich darauf herrschte gespanntes Schweigen.

Man sah den Bahnhof von Nenana. Und kurz nachher Will Shannon mit seinen Hunden.

Da erhoben sich alle Zuschauer wie auf einen unhörbar erteilten Befehl von ihren Plätzen, klatschten Beifall, jubelten und manche weinten.

Jetzt zogen sie vorbei:

Wurd Kalland,

Emil Erikson,

Leonard Seppala,

Gunnard Kasson,

die Helden der Alaska-Stafette.

Jeder mit seinem Gespann. Gunnard Kasson nur mit fünf Hunden.

Im Saal wurde es wieder Licht.

Und mit diesem Licht auch in ihrer Seele kehrten die Bewohner Nomes in ihre Häuser zurück.

Wie dieses Buch entstand

Im Winter des Jahres 1925 wurde das Städtchen Nome in Alaska von einer schweren Diphtherieepidemie heimgesucht. In einer gefahrvollen Stafettenfahrt mit Hundeschlitten wurde das rettende Serum in die Stadt gebracht.

Über diese große Hilfsbereitschaft wurde auch in Europa in den Zeitungen berichtet, sogar ein Lesebuch für Schulen brachte einen Text darüber.

Dieser kurze Lesebuchbericht beeindruckte den slowakischen Volksschullehrer Franz Omelka so sehr, dass er beschloss, über diese Stafette ein Buch zu schreiben. Dazu brauchte er ausführliche Angaben über die Ereignisse in Nome und über die Männer, die an der Rettungsaktion beteiligt gewesen waren.

Da Franz Omelka selbst nicht Englisch sprach, schrieb er in der Kunstsprache Esperanto an einen Studenten namens Jack Scrivener in Kanada. Er bat ihn, ihm alle verfügbaren Informationen zu beschaffen.

Scrivener erfüllte ihm diesen Wunsch: Er besorgte die Berichte über dieses Ereignis, die in den kanadischen und amerikanischen Zeitungen erschienen waren, übersetzte sie in Esperanto und sandte sie an Franz Omelka.

Franz Omelka schrieb nun seine „Stafette" so spannend, als hätte er in Alaska alles selbst miterlebt. Sein Buch wurde in mehrere Sprachen übersetzt. Die deutsche Ausgabe erschien sogar in Blindenschrift.

Dr Arthur Werner

Nachtrag

Am 27. Jänner 2015 waren es 90 Jahre her, dass die Stafette in Nenana gestartet war. In Alaska und den anderen Ländern der USA ist diese Heldentat der Männer, die das Diphtherie-Serum auf einer Strecke von 1085 km nach Nome gebracht haben, nicht vergessen. Das Idato Hundeschlittenrennen – das längste und härteste Hundeschlittenrennen der Welt -, das jedes Jahr in Alaska stattfindet, erinnert auch an diesen „Serum-Run" von 1925.

Da der Autor Franz Omelka sich einige dichterische Freiheiten in der Darstellung der Geschehnisse erlaubt hat, um die Handlung zu straffen, wollen wir für Interessierte auf den Artikel „Diphterieepidemie in Nome" bei wikipedia im Internet verweisen, der genau über die tatsächliche Geschichte dieses Serum-Rennens berichtet.

Der Leithund Balto, ein Sibirischer Husky, wurde mit einer Statue im Central Park, New York, geehrt. Ein

Zeichentrickfilm aus dem Jahr 1995 „Balto – Ein Hund mit dem Herzen eines Helden" erzählt seine Geschichte, ebenso wie eine Ballade des österreichischen Dichters Josef Luitpold: Balto.

I.Au.

STAFETTE

LESERÄSTEL

Du hast jetzt das ganze Buch gelesen
und kannst sicher diese 14 Fragen beantworten.
Setze die Antworten in die richtigen Zeilen
des Kreuzworträtsels ein.

1. Wie heißt der Reporter, über die Epidemie berichtet?
2. Der kranke Eskimobub heißt: …
3. Wer fährt auf dem letzten Abschnitt der Stafette?
(2 Wörter) …
4. Wonach suchten Abenteurer in Alaska? Nach …
5. Wie kann man Diphtherie heilen? Mit einem …
6. Die Kinder in Nome bilden eine … ,
um Kassons Ankunft zu melden.
7. Wie heißt der Bub, der als einer
der ersten Schulkinder erkrankte? …
8. An welcher Krankheit leiden die Kinder? …
9. Wie heißt der Leithund von Leonard Seppala? …
10. Das Hundegespann von Seppala
wird unter einer … begraben.
11. Aus welcher Stadt wird das Serum geliefert? …
12. Wie heißt Kassons Leithund? …
13. Goldgräberstadt im Norden Alaskas: …
14. Von wem wird Kasson verfolgt? Von …

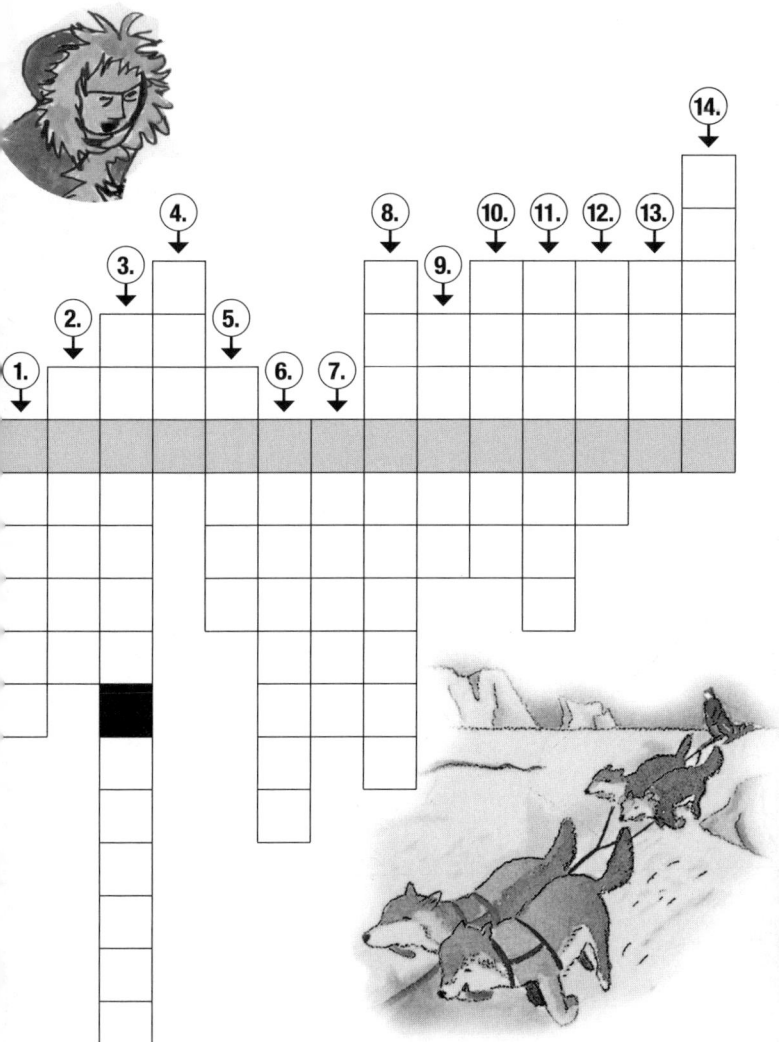

Im waagrechten grauen Balken steht das Lösungswort.